...ES POÉTIQUES

DE

PIERRE DUMAS.

EX-DIRECTEUR DU THÉATRE DE BOULOGNE.

PRIX : **5** FR.

BOULOGNE,

Chez M. H. GRISET, Imprimeur Libraire.

—

1832.

ŒUVRES POÉTIQUES.

OEUVRES POÉTIQUES

DE

PIERRE DUMAS,

EX-DIRECTEUR DU THÉATRE DE BOULOGNE,

Prix : 3 fr.

BOULOGNE,

Chez M. H. Griset, Imprimeur Libraire.

—

1832.

(3)

AU LECTEUR !

Mon cher Lecteur,

Je vous offre le fruit de mes veilles, je dis de mes veilles et vous le concevrez facilement, car en ma qualité de comédien, étant obligé de jouer, de répéter, d'étudier toute la journée, je ne puis me livrer au commerce des muses que de onze heures du soir à trois heures du matin.

La première édition *du Coup de Patte aux Jésuites* parût à *La Haye* en 1826. Ce petit ouvrage eut une grande vogue, on en vendit 1,800 exemplaires. Je n'ai pu résister au désir d'en placer une seconde édition dans ce volume, j'ai toujours eu une grande prédilection pour cet opuscule, je serai peut-être le seul „ enfin.....

Je réclamerais bien un peu d'indulgence pour mes écrits, mais hélas! je me rappelle ce quatrain.

» Un auteur à genoux dans une humble préface,
» Au public qu'il ennuie a beau demander grâce,
» Il n'obtient jamais rien de ce juge irrité
» Qui lui fait son procès avec sévérité.

Messieurs les journalistes ; c'est à vous principalement que je m'adresse, permettez-moi cette seconde citation.

» L'ignorant ne voit point les beautés, le
» détracteur ne veut point les voir, le critique,
» les voit et les met en évidence. »

» La fausse critique nuit, et veut nuire,
» elle est ennemie des talents dont la vraie
» critique est auxiliaire. L'une est le métier de
» l'envie, l'autre est la science du goût dirigé
» par la justice. »

(CHÉNIER).

(1) Un vénérable ecclésiastique, (car je prie le lecteur de croire que je ne confonds pas le respectable ministre d'un Dieu de paix avec les jésuites), lut mon ouvrage, et s'écria : « l'auteur de cet écrit les connaît parfaite» ment ! » C'est un éloge.

Au revoir cher lecteur, puissiez-vous avoir autant de plaisir à me lire que j'en ai eu à composer mon petit volume. Mes pauvres enfans ! Je vous les abandonne, veuillez les recevoir. Ayez pour eux une égale tendresse ! Plaignez ceux qui sont faibles, encouragez les autres, et ne me faites pas parodier comme *Platon* ce vers d'Homère.

« A moi Vulcain ! *Dumas* a besoin de ton aide. »

Au revoir cher lecteur.
P∴ DUMAS.

---

(1) Je ne puis passer sous silence cette belle réponse de M. Roche, doyen de St.-Nicolas, un de mes camarades perdit son fils, nous allâmes prier le respectable curé de vouloir donner les ordres pour le service, on lui fit observer notre profession. « Messieurs, répon-
» dit M. Roche, je ne connais qu'un Dieu, il est
» celui des comédiens comme celui des autres
» hommes. » Respect à la mémoire de ce digne ministre.

IMPRIMERIE DE H. GRISET.

UN COUP DE PATTE AUX

JÉSUITES,

PAR PIERRE DUMAS.

> L'homme courageux est celui qui, poussé par un motif honnête, et guidé par la saine raison, connaît le danger, le craint, et s'y précipite...
>
> ARISTOTE.

—

2ᵉ ÉDITION.

—

AVANT-PROPOS.

Le parti jésuitique menace de nouveau le sol français, c'est à l'écrivain libre qu'il appartient de signaler les crimes de ces *sycophantes*.

L'homme faible n'ose élever la voix, l'homme en place n'ose attaquer de front de pareils adversaires, l'ambitieux se livre à eux : l'espoir d'obtenir des honneurs, des dignités, le force à les servir. Malheureux ! c'est pour mieux vous abattre qu'on vous élève !.... Vous vous repentirez un jour de votre imprudence...., mais il ne sera plus temps !

Et vous Jésuites, qui ne craignez pas de reparaître dans les lieux que vous souillez de votre présence, qui vous présentez au peuple français les mains teintes du sang de ses rois, croyez-vous ne trouver aucun obstacle à votre ambition ?.... Détrompez-vous, il existe encore des citoyens qui s'opposeront à vos pernicieux projets, qui sauront même les détruire.

Le parlement vous chassa jadis : nos magistrats sont toujours Français !

Faites des prosélytes.... A force d'or vous parviendrez à séduire l'avare, l'ambitieux, car hélas !

Le vil appât de l'or séduit tous les humains,
De l'or!. tonjours de l'or pour nos avides mains! *

Mais l'honnête homme et le véritable chrétien vous repoussent avec horreur !....
Des Jésuites !! grand Dieu ! sauvez-nous de
ce fléau plus terrible que la peste des Thébains !
Que votre juste courroux s'étende sur les
disciples de Satan !... l'enfer est leur séjour !...
qu'ils retournent chez eux...

----

* Vers du Laboureur, poésie de l'auteur.

JE SUIS JÉSUITE.

Je suis Jésuite

Air : *Bouton de Rose.*

1ᵉʳ

Je suis Jésuite,
Connu par mes assassinats ; 1
Je traine les rois à ma suite,
Les princes, papes et soldats ; 2
Je suis Jésuite !

2ᵉ

Je suis Jésuite,
Ennemi de tous les chrétiens.
Lorsque je vous rendrai visite,
Mes frères donnez-moi vos biens ; 3
Je suis Jésuite !

3ᵉ

Je suis Jésuite,
Connu dans l'Inde et le Japon ; 4
J'ai converti l'Ébionite, 5
Avec le secours du démon ; 6
Je suis Jésuite !

4ᵉ

Je suis Jésuite,
Disciple du grand Loyola !
De ce vertueux hypocrite,
De ce chanteur d'*alleluia* !
Je suis Jésuite !

5ᵉ

Je suis Jésuite,
L'épouvantail des potentats.   8
A mon aspect tout prend la fuite;
Je ravage tous les états; 9
Je suis Jésuite !

6ᵉ.

Je suis Jésuite ,
Je sais le grec, et le latin. 10
Ma science est cosmopolite,
Et l'on m'appelle *Ignorantin* !
Je suis Jésuite !

LE CORDON.

COUPLETS A M. D****, AVOCAT A LA COUR ROYALE
DE P****.

—

Air : *De la petite Lampe Merveilleuse* ou *le
Cordon s'il vous plaît* (des Deux Tailleurs). 1

1ᵉ.

Un avocat (*bis*) de grand mérite,
Homme d'esprit et de talent,
A pris la robe d'un jésuite,
A St.-Acheul, dans un couvent !
Il a cédé sous le poids de l'argent. 2
Ah ! quel triomphe pour Ignace ,
De voir mons D**** dans sa classe,
Demander d'un air satisfait :
Le cordon !... S'il vous plaît ! (*bis*)

2ᵉ

Pauvre D****, (*bis*) ah ! pour ta gloire
Quel triste échec ! que je te plains !

Pour St. Acheul , quelle victoire !
Le défenseur de tant d'humains ,
Sera placé dans les rangs de nos saints.
Bravant les mers et la tempête ,
Le bonnet pointu sur la tête ,
Nouveau Xavier ,dans le Japon ,
    Il ceindra le cordon .   (*bis*)

3^e

Ils t'ont promis (*bis*) et des richesses ,
Et des faveurs, et des honneurs ,
Mais crains le prix de leurs largesses ,
Ces assassins, ces suborneurs ,
T'éblouiront par l'appât desgrandeurs.
Laisse là leur race maudite ,
Renonce au surnom de Jésuite
Pour exemple prends Mérilhon !.... 3
    Rejette le cordon !...   (*bis* .)

Quand je veux désigner un fourbe un hypocrite ,
Je m'explique en trois mots, je dis: *c'est un jésuite.*

NOTES

DE :

Je suis Jésuite.

*

1 *Connu par mes assassinats ;*

Ce passage est trop connu pour le rappeler.

2 *Les princes, papes et soldats ;*

Allusion au tableau trouvé dans l'église des Jésuites à *Billom*. Dans un petit esquif qui suit la galère, il y a un pape, un roi de France, etc.

3 *Mes frères donnez-moi vos biens ;*

3 On sait que ces messieurs aiment beaucoup les testamens. En 1713, la fille de Grillet retire 10,000 livres d'une somme de 60,000 que le père *Dequet* trouva le moyen de soustraire au profit de la société.

(18)

4 *Connu dans l'Inde et le Japon;*

L'empereur du Japon les bannit de son empire et fit abattre leurs églises... En 1587, la cupidité des saints pères les fait chasser honteusement de *Facate*, ville du Japon.

5 *J'ai converti l'Ébionite,*

Hérétique.

6 *Avec le secours du démon ;*

Les Jésuites de la Cochinchine demandent la permission de célébrer la cérémonie appelée le jurement du diable, où tous ceux qui y assistent, adorent l'idole *Máqui*, et boivent le vin et le sang des victimes. « Je veux que le » diable, là présent sur cet autel, m'étrangle » de même que j'avale cette coupe sacrée. » Le prélat indigné s'écria : « Ce n'est pas la société » de J.-C., c'est la société du diable! (année » 1740). »

7 *Disciple du grand Loyola !*

Fondateur de la société. *Ignace* en espagnol *Inigo*, vint au monde dans une étable, l'année 1491. Il embrassa le métier des armes,

(19)

Étant blessé, il s'apperçut qu'un os déplacé
de son genou l'empéchait d'être chaussé ga-
lamment. Ce fut pendant la seconde opération
qu'on lui fit qu'il se convertit. Il fut chassé de
plusieurs colléges pour son excessive ignorance, mais il ne se rebuta pas: c'est à lui que
nous devons l'admirable institution des Jésuites!

8 *L'épouvantail des potentats.*

La politique obligeait souvent les souve-
rains à les tolérer.

9 *Je ravage tous les états;*

Les royaumes de France et d'Espagne en
offrent le triste exemple : le passage des Jésuites
a été marqué par les plus grands malheurs,...,
le vol, le suicide, l'assassinat, le viol, etc.

10 *Je sais le grec et le latin.*

Les Jésuites ont eu des poètes, des histo-
riens, des orateurs ; mais livrés au commerce,
à l'intrigue, à des occupations indignes de
leur profession, il a fallu qu'ils tombassent
dans le mépris qui a suivi et qui suivra dans
tous les temps et dans toutes les corporations
la décadence des études et la corruption des
mœurs, (tiré de la terreur, à Mont-Rouge.)

NOTES

Le Cordon.

✻

1 *(Des Deux Tailleurs)*.

Il est essentiel, surtout pour le refrain de savoir l'air, qui est très facile.

2 *Il a cédé sous le poids de l'argent.*

En portant un des coins du dais : on sait que le jour des grandes processions, le dais est magnifique.

3 *Pour exemple prends Mérilhon !..*

Le nom est *Mérilhou.* Il m'eût été facile de substituer une autre rime", mais je n'ai pu résister au désir de placer dans mes couplets le nom de l'avocat qui a défendu le *Courrier Francais* .

CONSPIRATION JÉSUITIQUE.

PERSONNAGES.

—

SATAN, roi des Jésuites.

IGNACE dit INIGO, fondateur de la société, premier général.

XAVIER, missionnaire.

DISCIPLES D'IGNACE.

GONZALEZ SILVERIN, supplicié au Monomotapa en 1560.

MARIANA, apologiste du meurtre des rois.

BOBADILLA, chassé des états d'Allemagne en 1547.

GUIGNARD, mort à la Grève en 1595.

VARADE, complice de Barrière.

MOLINA, auteur des rêveries, sur la concorde de la grâce et du libre arbitre,

GIRARD, dit le corrupteur.

PICHON, dit l'infâme.

MATHOS, assassin du roi de Portugal.

La scène est dans un lieu sauvage.

Conspiration Jésuitique.

<hr>

IGNACE ET SES DISCIPLES

IGNACE.

J'ai formé le projet de régner sur la terre.
Il me faut des amis !

XAVIER.

Nous vous suivrons mon frère !

IGNACE.

Ma gloire est dans vos mains : songez à m'obéir.
Jepuisvousrendreheureux,craignezdemetrahir !

GONZALEZ SILVERIN.

Notre intérêt commun dépend de notre zèle,
Jusqu'au dernier soupir, Je vous serai fidèle.

IGNACE.

O toi que j'invoquai !... Satan, sois mon soutien !
Parais !.,. je convertis tout le peuple chrétien,
Abandonne un instant le noir séjour des ombres,
Je t'attends en silence assis sur ces décombres.

(Le tonnerre gronde, le diable paraît sur un globe de feu ; Ignace et ses disciples s'inclinent).

SATAN.

Tes cris jusques à moi sont parvenus mon fils,
Et j'ai quitté pour toi le séjour des proscrits.
Sont-ce là tes amis ?

IGNACE.

                    Mes amis et mes frères :
Je les ai recrutés au fond des monastères.
Le noble Silverin, le fier Mariana,
Bobadilla, Guignard, Varade, Molina,
Girard, Pichon, Mathos, héros dont le courage
D'un succès éclatant nous offre le présage.

SATAN.

O noble bataillon! de ce peuple infernal.
Ignace est digne en tout d'être le général.
Mon pouvoir s'affermit: soutiens de ma puissance!
Vous avez tous des droits à ma reconnaissance.
D'un bout du monde à l'autre il faut prêcher mes lois
Flatter l'hydre du peuple, et détrôner les rois.
Promettez, menacez, soyez prudens, dociles,
Éteignez, excitez les discordes civiles.
Changez de règle enfin selon les mœurs, les temps,
De la religion, sapez les fondemens;
Le poignard d'une main, le crucifix de l'autre,
Frappez et bénissez, mon triomphe est le vôtre.

CHOEUR DES JÉSUITES.

Que de Satan le règne soit béni !
Que de sa gloire il remplisse la terre !
Qu'il soit heureux dans la paix, dans la guerre,
Que de ces lieux tout chrétien soit banni !

(Pendant le chœur, Satan s'élève sur son globe, et disporaît après avoir jeté un poignard à Ignace).

IGNACE ,

(Ramassant le poignard avec transport).

Amis, il faut partir... Voilà notre étendard !
Qu'il soit toujours l'appui du peuple papelard ;
Caché sous notre froc, qu'il venge notre injure.
Il faut d'un grand exemple étonner la nature !
Pénétrons les secrets par les confessions,
Prodiguons s'il le faut les absolutions ;
Que rien ne soit sacré, ni le sexe, ni l'âge,
Que sur tous les chrétiens s'exerce notre rage.
Auxpiedsdessaintsautelssoyonshumbles,soumis;
Rampons, pour écraser nos communs ennemis ;
Flattons l'ambitieux, nous le rendrons Jésuite,
A tous nos détracteurs, jetons de l'eau bénite ;
Glissons-nous lentement dans le palais des rois ;
Asservissons le peuple, abolissons les lois :
Si le prince résiste, arrachons sa couronne ;
S'il n'est que faible, il faut surveiller sa personne,

L'affermir par degrés, flatter ses courtisans ;
Corrompre son ministre à force de présens :
Tels seront nos statuts ! La victoire est certaine ;
Commandons à la terre, elle est notre domaine.

MARIANA.

Mais si le souverain te traite en criminel,
Dis : quel sera son sort ?

IGNACE.

Un sommeil éternel !

BOBADILLA.

Mais le peuple est à craindre...

IGNACE.

En employant l'adresse
Nous saurons triompher de l'humaine faiblesse.

GUIGNARD.

Pour immortaliser nos glorieux travaux,
Il faudra des écrits,

IGNACE.

Nous aurons nos journaux !

MATHOS.

Mais où trouver de l'or ? ce métal nécessaire,
Où nous le procurer ?

IGNACE.

Chez le propriétaire :
Protégés par les grands et par les faux dévots,
Surles quatre élémens, nous mettrons des impôts.
Bannissons le scrupule, et qu'une noble audace,
Guidedanstouslestempslescompagnonsd'Ignace;
Que l'aspect du danger n'arrête point nos cœurs,
Il s'agit de combattre et nous serons vainqueurs.
Est-il quelqu'un de vous qui tremble pour sa tête?
Allez, je saurai seul détourner la tempête.

(Mouvement prononcé des Jésuites).

Mais non, vous frémissez.. qui peut nous arrêter?
Que tardons-nous encor ? Il faut exécuter.
Avant que le soleil ait fourni sa carrière,
Que le chrétien signale au loin notre bannière;
Que la terreur nous suive et devance nos pas,
Satan l'ordonne ainsi : marchons braves soldats !

*(La troupe défile, on recommence le chœur :
Que de Satan, etc.)*

FIN.

LA MISSION.

PERSONNAGES.

M. BONNEVAL, propriétaire.
NICOLAS, maçon.
Mde. NICOLAS.
Deux petits enfans de Nicolas.

La Mission.

SCÈNE PREMIÈRE.

NICOLAS, SES DEUX ENFANS.

NICOLAS, *posant sa truelle.*

Bonjour les petiots.

LES ENFANS.

Papa, j'ai faim.

NICOLAS.

Eh bien! mes petiots, il faut manger.

LES ENFANS.

Maman n'est pas là.

NICOLAS.

Où est-elle donc?

LES ENFANS,

Elle est sortie depuis ce matin.

NICOLAS.

Depuis ce matin!

LES ENFANS.

Elle est à la messe.

NICOLAS.

La messe ne dure pas une journée. Ah ! sa-
tanée, il y a ici des hommes noirs, avec des
bonnets pointus 1, est-ce que par hasard ?...

LES ENFANS.

Ah ! v'la maman.

SCÈNE II.

LES PRÉCÉDENS, MADAME NICOLAS, ELLE POSE
SUR UNE TABLE UN LIVRE DE PRIÈRE ET UN
CHAPELET.

NICOLAS.

Dis donc, femme, d'où viens-tu donc ? les petiots me disent que tu es à la messe depuis ce
matin ?

MADAME NICOLAS, *d'un air pieux.*

Je sors de la mission.

NICOLAS.

Et ma soupe ?

---

1 Des jésuites

MADAME NICOLAS

Je vais vous la faire.

NICOLAS, *surpris.*

Je vais vous la.......Ah! ça,as-tu perdu la tête?

MADAME NICOLAS,*d'un air pieux baissant les yeux.*

Je ne le crois pas.

NICOLAS.

Ah! tu ne le crois pas....Lève donc un peu les yeux....Et ma soupe?

MADAME NICOLAS.

Je vous répète que je vais la mettre sur le feu.

NICOLAS. *avec fureur.*

Et c'est quand je rentre fatigué de mon travail, sans avoir rien mangé, qu'il faut que j'attende après ma soupe?....Ah! démon!!

MADAME NICOLAS, *l'arrêtant.*

Taisez-vous Nicolas !...... que de pareilles expressions ne sortent jamais de votre bouche...; ou il faudra que nous nous séparions.

NICOLAS, *se contenant à peine.*

Ah! il faudra que nons nous séparions! Ah tu vas a la mission! Ah! tu ne fais pas ma soupe!.. attends je vais te donner une décharge de mission sur le dos.

(Il va chercher le balai).

MADAME NICOLAS, *criant.*

Au meurtre! mon mari me bat.

LES ENFANS, *criant.*

Papa ne frappez pas maman.

SCÈNE III.

LES PRÉCÉDENS, MONSIEUR BONNEVAL.

MONSIEUR BONNEVAL.

Eh bien! mes amis. pourquoi tout ce tapage ? comment, un ménage aussi bien uni que le vôtre?

NICOLAS, *s'arrêtant.*

Monsieur Bonneval.... pardon, excuse. cette malheureuse s'en va toute la journée à la mission, et quand je rentre de mon travail, je ne trouve rien à mettre sous la dent, et mes pauvres innocens meurent de faim.

MONSIER BONNEVAL, *sévèrement.*

Est-il vrai, madame Nicolas ?

MADAME NICOLAS.

Monsieur, n'écoutez pas mon mari, c'est un misérable.... il voudrait m'empêcher de faire mon salut.

MONSIEUR BONNEVAL.

Vous croyez faire votre salut en laissant mourir de besoin vos enfans et votre mari; qui a pu vous donner un semblable conseil?

MADAME NICOLAS.

C'est monsieur l'abbé Guyon.

NICOLAS.

Il ne me donne pas de soupe ton abbé Guyon,

MONSIEUR BONNEVAL.

Silence!... Nicolas... Malheureuse femme!... Vous donnez dans un piége!... Mon expérience m'oblige à vous éclairer... Et je vais le faire .. Mais d'abord parlez-moi avec franchise : comment cet homme a-t-il fait ponr vous pervertir? pour vous faire négliger vos devoirs d'épouse et de mère? répondez! et surtout ne me trompez pas.

MADAME NICOLAS, *tremblante.*

Monsieur, je sortais hier du salut, j'allais prendre de l'eau bénite, l'orsque l'abbé Guyon se présenta à moi. « Bonne femme, me dit-il,
» je vois avec plaisir que vous assistez à nos
» solennités... Qui êtes-vous ? — Monsieur, lui
» dis-je, je m'appelle madame Nicolas ; mon mari
» est maçon ; j'ai deux petits enfans. — Vous
» n'êtes pas, à ce qu'il me paraît, dans la mi-
» sère ? — Grâce à Dieu, non monsieur, mon ma-
» ri gagne 3 francs, 3 — 10 tous les jours ;
» moi je suis couturière, et en économisant,
 nous élevons doucement notre petite famille.
» — Oui, mais ne négligez - vous pas le
» point essentiel ? — Lequel monsieur ? —
» Votre salut ! — Non, monsieur, je vais à la
» messe tous les jours, et quelquefois aux
» vêpres. — Il ne faut pas dire quelquefois,
» mais toujours. — Mais je dois travailler pour
» vivre. — Laissez travailler votre mari. »

NICOLAS.

Il est bon enfant celui-là !

MADAME NICOLAS.

« Mais, monsieur, il faut que je fasse le mé-
» nage de la maison. Comment voulez-vous

» que mes enfans existent? — Envoyez-les dans
» les écoles chrétiennes. — Mais mon mari,
» lorsqu'il rentre, a besoin de manger la soupe;
» envoyez-le à confesse. »

NICOLAS.

Comme ça vous remplit le ventre ça !

MONSIEUR BONNEVAL.

Nicolas, taisez-vous ! Ensuite ?

MADAME NICOLAS.

Ensuite, il tira de sa poche des crucifix.
» Tenez, me dit-il, pour commencer votre
» conversion, je vais vous donner un crucifix
» (il choisit le plus grand·), celui-ci est béni
« pour 20 ans, je vous le donne. Avez-vous 20
» sous ? — Oui monsieur. — Donnez-les moi..
» Je vais déposer cet argent dans un tronc
» destiné à organiser de nouveau la céleste
» légion des Jésuites, revenez demain, obser-
» vez exactement ce que je vous prescrirai,
» Et, lorsque votre mari vous menacera, si-
» gnifiez-lui que vous voulez vous séparer:
» Adieu, ma sœur, recevez le baiser de paix
» de votre directeur. » Il m'embrassa et
partit.

NICOLAS.

Ah ! le fin renard que cet abbé !

MONSIEUR BONNEVAL.

Écoutez, madame, avant que cet homme aille plus loin, il est temps que je vous fasse part de ses projets. Ce n'est pas votre conversion qu'il désire, c'est votre argent; quant à votre salut; vous vous en écartez sous tous les rapports : cet homme qui veut vous convertir, n'est autre qu'un chef des Jésuites, de cette secte qui n'existe que par le vol, le suicide, l'assassinat, le viol et l'hypocrisie. Ces misérables se couvrent du manteau sacré de la religion pour faire des prosélytes, pour attacher à leur char les êtres faibles qui se laissent gagner par le langage infernal des disciples de Satan!.. Et voyez déja comme cet homme a su insinuer dans votre cœur ses perfides conseils ! il veut que vous négligiez vos devoirs pour fréquenter les églises. Eh! madame, honorez votre Dieu. ne faites pas de tort à votre prochain, soyez bonne épouse, bonne mère; en vous conduisant de la sorte, vous ferez votre salut. J'admire de nouveau, sans m'en étonner, l'impudence de ces misérables. Brouiller les ménages! Grand Dieu!

combien d'époux gémissent sur le funeste aveuglement de leurs femmes! et l'on tolère de pareils scélérats! ma bonne femme, revenez de votre erreur, craignez que l'être Suprême ne vous punisse de votre superstition, que votre mari ne maudisse le jour de votre union, que vos enfans n'envisagent leur mère qu'avec horreur, et que vos remords ne vous poursuivent jusqu'à votre dernier jour!

MADAME NICOLAS, *pleurant.*

Ah! monsieur Bonneval.

MONSIEUR BONNEVAL, *vivement.*

Les Jésuites sont des assassins.... l'honnête homme repousse avec horreur de pareils misérables. Ils ne règnent pas partout, la Hollande traite avec une juste rigueur ces pervers : on conduit un jésuite entre deux gendarmes jusqu'à la frontière, comme on conduit un assassin; il y a même une forte récompense pour celui qui livre un jésuite. Honneur au monarque qui fait de son peuple, un peuple libre! puisse la France suivre bientôt ce bel exemple! C'est le vœu d'un honnête homme, d'un bon citoyen; eh bien ! madame Nicolas, retournerez-vous encore à la mission ?

MADAME NICOLAS.

Ah! monsieur, je m'en gaderai bien. je n'oublierai jamais votre affreux tableau, mon bon Nicolas tu me pardonnes?

NICOLAS, *avec transport.*

Oui, femme, du plus profond du cœur! ah! monsieur Bonneval, quel service vous m'avez rendu!

MONSIEUR BONNEVAL

Je le devais mon ami: Il est du devoir d'un honnête homme de tirer son semblable de la main des pervers, et surtout de la griffe des Jésuites.

FIN.

POÉSIES DIVERSES.

J'Observe et j'Écris.

Iʳᵉ EDITION.

LA LOI D'AMOUR !

AIR : *Alte là !*

1ᵉʳ

Imprimeurs, prenez courage,
La loi d'amour sautera.
Peyronnet, malgré ta rage
La presse se maintiendra .
Tu voudrais éteindre en France ,
Les lumières, les talents ,   1
Car du siècle d'ignorance
Tu regrettes le bon temps ,
Oui, mais..   Alte là !
              Alte là !
Les bons Députés sont là ! 2

----

1 Ces messieurs avaient dit:

Quandsurmillefrançaisdeuxoutroissauront lire
Alorsnous permettrons la liberte d'écrire !

2 Casimir Périer, Benjamin Constant, etc.

2ᵉ

La milice Jésuitique
Dont tu n'es que le sujet,
Dans sa course fanatique ;
Sut t'inspirer ce projet.   3
Tu chantes déja victoire,
Avec ton intime ami.   4
Et l'on célèbre ta gloire,
A l'hôtel de Rivoli!   5
Oui, mais..   Alte là !
            Alte là !
Les bons Députés sont là !

3ᵉ

Si trahissant l'espérance,
Des Députés libéraux,
On voyait renaître en France
Le plus cruel des fléaux !   6

---

3 C'est encore aux bons Jésuites que nous
devons *la Loi d'Amour !*
4 Villèle.
5 Palais du ministre des finances.
6 La censure.

Ecrivains que l'on révère,
Qui charmez par vos écrits.
Par le pouvoir arbitraire,
Bientôt vous seriez proscrits.
Oui, mais..   Alte là !
                   Alte la !
La chambre des Pairs est là !

4e

Tremblez tous vils hypocrites !
Et fuyez-nous sans retour.
Emmenez vos prosélytes,
Avec votre *Loi 'dAmour*.
Vandales a robe noire,
Vrais disciples de Satan,
Malgré tout votre grimoire,
On déjouera votre plan.
                   Alte là !
                   Alte là !
La chambre des Pairs est là !

5e

Suivez vos apologistes,
Abandonnez vos palais,
Ministres congréganistes,
L'opprobre du nom francais !

Liberté! mon cœur t'appèle,
Liberté! souverain bien!
D'un royaume qui chancèle,
Liberté... Sois le soutien.
Loi d'Amour ! en grand deuil,
Nous précédons ton cerceuil !

La Haye, 21 février 1827.

A MADEMOISELLE ADÈLE J****.

Air: *Bouton de Rose.*

1ᵉ

Aimable Adèle.
Vous embellissez tous les jours.
Cent fois heureux l'amant fidèle,
Qui peut jurer d'aimer toujours;
L'aimable Adèle.   *(bis)*

2ᵉ

Mais soyons sage,
Car je ne suis pas amoureux.
Il ne faut pas être volage,
Un autre objet fixe mes vœux?
    Oui, soyons sage?   *(bis)*

3ᵉ

Suis-je volage,
En chantant cette déïté?
Moi, qui me pique d'être sage....
Je rends justice à la Beauté.
    Suis-je volage?   *(bis)*

4ᵉ

De l'indulgence,
Ne dévoilez pas mes secrets.
Ah! j'implore votre clémence!
Cachez l'auteur et les couplets,
    De l'indulgence!   *(bis)*

Amiens, le 1ᵉʳ février 1823.

⁜

LES PLAINTES D'UN MALHEUREUX !

———

> *Et moi sur un grabat, arrosé de mes larmes,*
> *Je veille, je languis par la faim dévoré.*
>
> GILBERT.

❈

Soleil suspends ton cours! nuit répands sur la terre
De ta sombre clarté la ténébreuse horreur.
Maître de l'univers, fais tomber ton tonnerre
Sur un infortuné, victime de l'erreur...

De la destruction, je contemple l'image.
Le soleil disparaît!... Je ne le verrai plus.
La mort va terminer mon funeste esclavage,
En détruisant hélas! dix-sept ans de vertus!

Que me sert la vertu? de l'affreuse indigence
J'ai supporté le poids sans pousser un soupir.
Mais las de mes tourmens, de ma triste existence,
Puisqu'il n'est plus d'espoir, je désire mourir...

Jamais je n'ai goûté le charme de la vie.
L'étoile du malheur plana sur mon berceau !
Et maintenant encor, ma mortelle ennemie,
Avide de me suivre, et près de mon tombeau!

L'insolent parvenu fatigué de mes larmes
De ses salons dorés me chassa sans retour.
Esclave de Plutus !... Jouis de mes alarmes,
Mais tremble!. Le malheur pourra t'atteindre un
[jour !]

J'avais quelques talens, mais la haine et l'envie
Forcèrent mon courage à s'abattre en naissant!
Impitoyables Dieux!... Arrachez-moi la vie !
Le malheur n'est pas fait pour un cœur innocent.

Allons, séchons mes pleurs, la mort inexorable
Me réclâme et m'attend : il faut suivre ses pas.
Du destin qui fait tout l'ordre est irrévocable!
Je vais m'ensevelir dans la nuit du trépas !

St.-Quentin, le 7 octobre 1824.

LE DÉPART DU LIEUTENANT.

AIR: *Ecoute, écoute.*

(Tyrolienne des mauvaises têtes.)

Heureux guerrier! pour ma patrie,
Je vais combattre aujourd'hui.
Sèche tes pleurs ma tendre amie,
Du destin j'attends l'appui.

Quelque soit mon sort,
Les fers ou la mort
Conserve toujours
Nos tendres amours!
Heureux guerrier!etc.

MINEUR.

Dans les combats déployant ma vaillance,
Du souverain je suis les étendarts.
Oui, c'en est fait, je vais servir la France....
Vois mon drapeau sur le haut des remparts !
Heureux guerrier! etc

Adieu je pars : sois-moi toujours fidèle,
Et que minerve accompagne tes pas.
Le tambour bat... La victoire m'appèle!
Il faut hélas !..m'arracher de tes bras....
Heureux guerrier! pour ma patrie
Je vais combattre aujourd'hui.
Sèche tes pleurs ma tendre amie,
Du destin j'attends l'appui.

Péronne ; le 13 octobre 1824.

※

A. Talma.

Ode lue au Théâtre Royal de La Haye par
l'Auteur, le 6 novembre 1826.

Le soleil a caché sa clarté bienfaisante,
Tout se ressent ici de nos sombres douleurs!
Quels cris frappant les airs nous glacent d'é-
[pouvante...]
Une femme paraît?...C'est Melpomène en pleurs!

» Talma! mon bien aimé!. Je te cherche, t'appèle.
» Je fatigue les cieux de mes cris superflus.
» A mes accens chéris!.. Mon fils est donc rebelle?
» Qui te cache à mes yeux? Muse! *Talma* n'est plus!

» Il n'est plus!le tombeau recèle ce grand maître.
» *Brutus, Oreste, OEdipe,* expirent avec lui.
» Nous pleurons un talent que la France a vu naître.
» Le théâtre français, perd son plus ferme appui!

» Il arrachait les pleurs... Faisait pâlir le crime.
» Le plus faible tableau, son talent l'anima!
» Il n'eut point de rivaux... il était trop sublime...
» Grand..terrible..profond..voilà quel fût *Talma!*

» O mon fils! mon cher fils! O mort inexorable!
» Qui pourra désormais encenser mon autel!
,» Ah! comment réparer ta perte irréparable!
» Un homme tel que toi devait être immortel!

» Je vous invoque tous, demi Dieux qu'on révère.
» *Corneille! Crébillon! Racine... Mirabeau!* (1)
» *Ducis, Chénier, Laharpe..* Et toi divin *Voltaire..*
» Venez orner de fleurs, son modeste tombeau.

» Là repose un grand homme! il dort! sommeil
                              [terrible!]
» Il dort ce beau talent l'ami des malheureux.
» Aux souffrances d'autrui, son âme était sensible!
» Il marqua son passage, en faisant des heureux.

» Mais quels célestes chants! Muse, prête l'oreille.
» Je vois fuir de la mort le spectre épouvanté!
» Le soleil reparaît... C'est *Talma* qui s'éveille!
» Sa grande âme s'envole à l'immortalité!!

                    La Haye, le 1ᵉʳ novembre 1826.

---

(1) Il mourût dans une maison de la chaus-
sée d'Antin, appartenant au grand tragédien,
dont il était l'ami.

IMPROMPTU

A MADEMOISELLE VIRGINIE B******.

Ah! restez près de nous aimable Virginie!
Ici tout est désert quand vous vous absentez.
Le plus affreux séjour, ô ma charmante amie!
Est un palais divin.. quand vous l'embellissez.

———————

A LA ROSE

Tu n'es pas le symbole
De l'amitié du cœur,
Car ta beauté frivole
Passe avec ta couleur.
Uu instant te voit naître,
Un souffle t'éteindra,
Tu ne fais que paraître,
Et te fâne déjà,
De ta tige mourante,
Ta feuille chancelante
Se détache en tremblant.
Tu fermes la paupière,
Tu finis ta carrière
Et tu meurs en naissant,

A MADAME EULALIE A***.

LE JOUR DE SA FÊTE.

Air: *comédie, (des femmes romantiques.)*

CHOEUR.

Eulali ,
La folie,
Nous appèle en ce séjour.
Et ta fête,
Qui s'apprête,
Nous rassemble en ce beau jour.

Sous les lois de la sagesse,
Faut-il toujours se ranger?
Le plaisir nous dit sans cesse
Que son règne est passager.
Eulalie, etc.

La raison est trop sévère,
Le plaisir semble si doux!
En l'une le sage espère,
L'autre est le Doyen des fous.
Que ta vie,
Soit suivie;
du bonheur le plus complet!
Que ta mère
Qui t'es chère,
Partage aussi ce bouquet.

COUPLET

POUR LA FIN D'UN VAUDEVILLE.

AIR: *Que d'établissements nouveaux.*

Je viens plaider pour les auteurs,
Leur seul but était de vous plaire.
Je plaide aussi pour les acteurs,
Nous attendons notre salaire.
Daignez sourire à nos travaux,
Nous comptons sur votre indulgence.
Par un déluge de bravos
Apprenez-nous notre sentence!

———————

COUPLETS.

A MADAME O****, P****,

(LE JOUR DE SA FÊTE.)

AIR: *Encore du charlatanisme.*

1er

Chanter en tout temps est permis,
L'un chante l'objet qu'il révère,
Moi je veux chanter mes amis;
(Chacun son goût sur cette terre.)
Le mien à coup sûr est très bon.
Ma muse se sent inspirée!

Mais il faudra changer de ton ,
Le grivois n'est pas de saison ;
Puisqu'il faut chanter *Désirée*! *(bis)*

2^e

D'une rose dans son printems
Desirée offre ici l'image.
Beauté, Vertus, Grâces, Talents ;
Desirée a tout en partage.
Couronnant les feux d'un époux,
Qui peut vous être comparée?
Vôtre sort fera des jaloux...
Chacun voudrait être aux genoux,
D'une seconde *Désirée* ! *(bis)*

3^e

Je vais terminer mes couplets,
Car ma Muse parfois stérile,
Au lieu de faire des progrès ;
Bat les champs, quand elle est en ville.
Apollon! viens briser mes fers ,
Et quitte la voûte éthérée.
Daigne être l'appui de mes vers,
Et dans tes célestes concerts....
Place le nom de *Desirée*! *(bis)*

Paris , le 15 avril 1826.

L'ASSASSIN!

Où suis-je? qui m'appèle? est-ce toi malheureux!
Toi que j'ai massacré dans ces horribles lieux...
Quel pouvoir inconnu ramène ma victime,
Dans les sombres déserts où réside le crime;
De cent coups de poignard je t'ai percé le cœur.
Je voulais dans ton sang assouvir ma fureur...
Pour éviter la mort, tu faisais résistance...
» Que t'ai-je fait mon fils?... Ah! suspends ta
[vengeance ! »]
Te souviens t'il un jour que pressé par la faim
A ta porte en tremblant, je demandais du pain.
Touché de ma détresse... Emu par ma prière,
Tu devais soulager mon affreuse misère.
Tu me congédias sans vouloir m'écouter...
« Chassez ce vagabond... Il vient de m'insulter ! »
Rebuté par tes gens, dont la prompte insolence
Servait tout tes désirs... Sans moyen d'existence,
Ne sachant où porter mes pas irrésolus...
Je voulus te punir de tes cruels refus.
Je t'attendis long-temps ! au gré de mon envie,
Je ne pouvais trop tôt t'arracher à la vie,
Mais au déclin du jour, j'apperçus ton cheval
Qui dirigeait ses pas vers cet endroit fatal.
Je saisis mon poignard, et mon bras trop perfide
Seconda les transports de ma rage homicide.

Je repaissais mes yeux du spectacle cruel,
Qui devait me laisser un tourment éternel.
Le voilà ce poignard, instrument de mon crime !
Dirigé par la haine...Il frappa ma victime !
Son sang l'arrose encor!... Misérable assassin,
« Qui te donna le droit de lui percer le sein ?
» La vengeance! insensé! la mort la plus affreuse,
» Va trancher de tes jours la durée odieuse..
» L'échafaud te réclàme... Et du fatal couteau,
» Tu sentiras bientôt l'homicide fardeau...
» Devant le créateur, ce vieillard vénérable,
» Viendra te reprocher ton crime épouvantable !
» O ciel! je suis perdu !... Mais pourquoi ce
                              [poignard]
» Tout couvert de son sang, souille t'il mon regard?
» N'entends-je pas du bruit?ah!je respire à peine..
» On marche vers ces lieux, retenons mon haleine!
» Mais quoi toujours cette ombre.. éloigne toi de
                              [moi.]
» Ta présence en ces lieux redouble mon effroi!..
» Qu'exiges-tu ? mon sang?.. Je vais te satisfaire.
» Je livre le coupable à ta juste colère. . . . . . .
. . . .
» Du trépas qui s'approche;ah!je sens les horreurs!
» Il n'est plus temps.. Frappons.. C'en est fait! Je
                              [me meurs...]

Amiens, le 25 janvier 1822.

A MADEMOISELLE CATHERINE L******.

LE JOUR DE SA FÊTE.

O vous que je chéris comme une tendre sœur,
Aimable Catherine, acceptez cette Rose,
Seule, vous égalez l'éclat de sa fraicheur!
Comme vous mon amie, elle est à peine éclose.

Daignez sur cette fleur arrêter vos beaux yeux.
Prodiguez-lui vos soins et prolongez sa vie.
Je remets en vos mains ce gage précieux....
Rose à mon tendre cœur, ton destin porte envie !

Qu'elle vive long-temps, voilà mon seul désir.
Qu'elle pare le sein de l'objet qui m'enchaine.
Si j'étais immortel....je dirais à zéphir,
En caressant ma Rose, ah retiens ton haleine?

En loyal chevalier, s'il fallait acquérir
Le séduisant objet dont l'amour suit les traces;
Vous frémiriez rivaux! mais je ne puis qu'offrir
Cette Rose, et mes vers a l'une des trois grâces!

Péronne, le 24 novembre 1824.

Épître

AUX AMANTS MALHEUREUX!

Ils ne sont plus ces jours de gloire et de tendresse.
Infortuné Raoul!.. Inconstante maîtresse!
Je me souviens encor des momens pleins d'appas,
Où l'amour le plus pur accompagnait nos pas.
Alors j'étais l'ami.. L'amant de ma Silvie!
Pour cet objet charmant, j'aurais donné ma vie!
Je n'ai jamais changé... Car mon sensible cœur,
Épris de ses vertus.. Conserve son ardeur..
Un jour; il m'en souvient! devrais-je à ma mémoire,
Rappeler le récit de cette triste histoire?
Ah! Je devrais plutôt maîtrisant ce transport,
Oublier les malheurs, de mon funeste sort!
Dans un bosquet charmant, mon amante adorée!
Par les feux de l'amour me semblait inspirée..
D'un regard enchanteur, l'homicide poison
S'empara de mon cœur, égara ma raison...
Interdit.. Eperdu.. Le torrent qui m'entraîne,
Laisse à peine à mes sens le temps de prendre
[haleine.]
Et sa rapidité me conduit tour-à-tour
De la crainte à l'espoir!.. Du plaisir à l'amour!

Ah ! quelle volupté !.. Dans les bras de Silvie
Mon cœur brûlant puisait les sources de la vie !
 Pour moi s'ouvrait déjà le temple des plaisirs..
Rien ne s'opposait plus à mes ardents désirs !
Dans ce nouvelle éden où le bonheur réside,
Je me croyais Renaud, dans les jardins d'Armide !
. . . .
. . . .
Combien je m'abusais !.. Je m'estimais heureux
D'avoir fait partager mon amour et mes feux,
A l'ingrate beauté qui riait de mes larmes..
Pour subjuguer un cœur, Dieux ! qu'elle avait
                               [de charmes !]
Un pouvoir inconnu m'entraîna malgré moi,
Vers cet indigne objet qui viola sa foi.
Et je l'adore encor ! quel horrible supplice !
Orphée.. Ainsi que toi je perds mon *Euridyce.*
Hélas ! c'en est donc fait ! je la perds sans retour.
O vous qui connaissez, les peines de l'amour,
Accordez aux malheurs de ma triste jeunesse
Une larme..Un soupir ! j'ai perdu ma maîtresse !

Péronne , le 13 novembre 1824.

❋

COUPLETS,

EN L'HONNEUR DES DÉPUTÉS.

Hommage à M. F*******.

Air: faut d'la vertu, pas trop n'en faut.

CHOEUR.

Nous avons de bons Députés,
Qui défendront nos libertés!
Ils feront connaître à nos Rois,
Qu'ils doivent respecter les Lois.

1er

Quel jour à jamais mémorable!
Francais, prenons tous nos ébats
Le ministère *Déplorable*,
A donc enfin sauté le pas!
Nous avons etc.

2e

On a renversé l'édifice,
Bâti par la *Camarilla*.
La Charte notre bienfaitrice,
Pour nous sauver est toujours là!
Nous avons etc

3ᵉ

Enfin de l'urne Electorale,
Un nom sans tâche est donc sorti.
A la plus ignoble cabale,
F*******,donne un démenti.
Nous avons, etc.

4ᵉ

Députés qu'on voulut dissoudre....
Sur le Règne de *Charles-dix,*
Le peuple qui tenait la foudre,
Va chanter le *De Profundis!*
Nous avons , etc.

5ᵉ

Représentants d'un peuple libre,
Vous remplirez votre mandat.
Soutenez bien notre équilibre:
Et moquez-vous des coups-d'état!
Nous avons, etc.

6ᵉ

« Que veut l'auteur? est-ce une place?
« Sans doute il brigue une faveur! «

Il ne demande qu'une grâce,
C'est que vous répétiez en chœur;
Nous avons de bons députés,
Qui défendrout nos libertés!
Ils feront connaître à nos Rois
Qu'ils doivent respecter les Lois!

Boulogne , le 1er *septembre* 1830.

COUPLETS,

AIR: *Au sein d'une fleur tour-à-tour.*

1er

Que ce jour a pour moi d'attraits!
Je suis a côté de ma mère.
Je revois de nouveau les traits,
De celle que mon cœur révère.
Pour un enfant tendre et soumis
Qu'il est doux de presser sans cesse
(*bis*) { Au milieu de tous ses amis ;
{ Le digne objet de sa tendresse.

2^e

C'est toi qui me donnas le jour,
C'est toi qui guidas mon enfance,
Tu me prodiguas ton amour;
Tu pris soin de mon existence.
Ah ! vis long-temps pour mon bonheur
J'en forme le vœu bien sincère.
(bis) { Viens que je presse sur mon cœur,
{ Mon doux mentor, ma tendre mère !

3^e

Je vais choisir dans ce bouquet,
Une fleur peignant ma pensée.
C'est la plus belle du parquet,
Par Vénus elle est caressée
Bravant le temps dévastateur;
Puisses-tu régner avec elle !
(bis) { Faut-il te nommer cette fleur?
{ Chère maman! c'est L'IMMORTELLE !

Paris, le 10 février 1826.

MES PLAINTES, ET MA RÉSOLUTION.

A Mademoiselle Louise O*****.

Vain espoir de bonheur! Illusion funeste!
Un instant a détruit vos frivoles attraits.
J'épuise en un seul jour la colère céleste!
Un seul mot m'a rendu malheureux pour jamais.

O vous que j'adorais! ah! du moins qu'une larme
De ma triste existence adoucisse le sort!
Que dis-je?quoi la vie a donc pour moi du charme?
Non...je voudrais dormir du sommeil de la mort!

Dans mon cœur ulcéré,la blessure est sanglante.
C'en est fait! pour toujours j'ai perdu le repos,
Je ressens de l'amour tous les maux qu'il enfante!
Même quand le sommeil me verse ses pavots.

Que je souffre! O mon Dieu!dans ce moment
                   [suprême,]
Est-ce donc vainement que je viens t'implorer?
La rage,les tourments,la mort;oui la mort même,
J'éprouve tous ces maux!,..et je ne puis pleurer!

Qu'ai-je donc fait, ingrate; apprenez-moi mon
                   [crime.]
Vous rompez les liens qui m'attachaient à vous!

L'amour exige donc que je sois sa victime;
Qu'il frappe! que j'expire au moins à vos genoux.

Quoi! mon zèle et mes soins, ma conduite
[exemplaire]
Rien n'a pu vous fléchir:quelle injuste rigueur!
Sans cesse à vos côtés, empressé de vous plaire;
Vous poussiez par degrés le poignard dans mon
[cœur!]

Je ne puis soutenir cet arrêt redoutable
Avec mes ennemis, il faut me confronter.
« Tout est rompu!» voilà cette lettre exécrable!
Et vous étiez tranquille, en osant la dicter!

Mais je vois dans vos yeux que ma perte est écrite
C'est en vain que je cherche à me justifier.
Mes larmes, mes douleurs; tout cela vous irrite.
Il vous faut des amants pour les sacrifier!

Bannissons à jamais son nom de ma mémoire,
Qu'un éternel oubli me dérobe à ses yeux.
Vengeons-nous de l'amour dans les bras de la
[gloire,]
Et délivrons mon cœur de son joug odieux!

Paris le 15 juillet 1825.

L'arrêt d'Apollon.

A MADAME ALEXIS COLEUILLE.

O vous qui parez le séjour,
Où l'on rend hommage à Thalie.
Combien vous savez tour-à-tour,
Unir la grâce à la folie.
L'auteur vous doit tous ses succès
Sur vos talents il se repose,
Car l'orsque vous plaidez sa cause;
Vous savez gagner son procès.
L'Aristarque le plus sévère,
Reste interdit à votre aspect.
Et sa foudroyante colère
Se change en un profond respect.
Un marabou voudrait vous nuire, 1
Auprès de l'auguste sultan!
Paraître, plaire et le séduire
Changer les lois de son empire,
Tout est l'ouvrage d'un instant.

---

1 Allusion au rôle de *Roxelane* ou madame
Alexis Coleuille déploie tout la finesse de *Thalie*
et la grâce de *Terpsichore.*

Charmer a soixante ans, un jeune militaire,
Sous des traits repoussants, parvenir a lui plaire;
  Etait facile a Xénia. (2)
  De Dervigny vous adora!
Peut-on vous résister magicienne habile;
Non : tous les spectateurs avaient les yeux d'Émile!

. . . .

Au temple du génie, à la cour d'Apollon,
  Thalie un jour tint ce langage;
Q'uinterrompaient souvent ses sanglots et sarage.
« Souffrirez - vous seigneur , qu'au sommet
      [d'Hélicon]
  «Une mortelle prenne place;
« Le masque et le *Pedum* que je porte en tous lieux
«Vont-ils m'être ravis par le courroux des Dieux?
  « Punissez-la de son audace!
« Et qu'ignoré de tous ce talent orgueilleux,

---

(2) La vieille, opéra.

Si je devais citer tous les rôles où madame
Coleuille excelle, il me faudrait peut-être autant de vers que dans le poëme de la pucelle de
Chapelain. La pucelle a douze livres, chacun
de douze cents vers.

« Ne puisse après sa mort prendre sa place aux
[cieux.]

Elle dit: son discours qu'un long soupir termine,
Émeut le Dieu du jour.
Son maintien, sa douleur et sa grâce divine;
Le charment tour à tour!
Les neufs sœurs en silence,
Attendent son décret.
Thalie au fond du cœur, conserve l'espérance
D'un favorable arrêt.
Mais Rosine l'emporte! Apollon se prononce.
Qu'il m'est doux de pouvoir vous porter sa réponse.
» Au bonheur des mortels ne dois-je pas songer ?
» Je suis touché de ta tristesse,
» Et ne voudrais pas t'affliger.
» Thalie a toute ma tendresse,
» Rosine ne peut-elle aussi la partager?
» O ciel! Thalie une rivale!
» Une rivale? non.. Je la rends ton égale!
» Son talent, dirigé par le goût et l'esprit,
» Ravit, entraîne, étonne.
» Le myrte est son emblême, en ces lieux il fleurit,
» Je te charge du soin de tresser sa couronne. »

Thalie exhale en vain son courroux impuissant.
Elle jette à ses pieds sa couronne de lierre.

D'un regard de bonté, le Dieu de la lumière
La flatte, la console, et s'éloigne à l'instant.

. . . .

A cette noble cour, vous le voyez *Rosine*,
On sait du faux clinquant discerner le vrai beau.
Et l'emblême flatteur qu'Apollon vous destine,
Un jour vous couvrira de son brillant rameau!
D'une juste rigueur, n'accablez pas ma muse,
Pardonnez à mes vers : devenez leur soutien.
Mon admiration me sert ici d'excuse,
Je ne suis pas encore *Académicien*!
    Sur vos bontés je me repose:
    Ne punissez pas un mortel
    D'avoir osé chanter la rose,
    Dont le printems est éternel!

           Lahaye, le 28 août 1827.

Mlle C****** G********, A SON PERE,**

LE JOUR DE SA FÊTE.

    Nom cher et Révéré!
    Nom divin et Sacré!
reçois les tendres vœux que ce beau jour m'inspire.
Que ma timide voix aux accords de ma lyre,

Prête un charme enchanteur!
Et montre le bonheur,
De ta fille chérie;
En fêtant le mortel qui lui donna la vie.
Par tes sages conseils, par tes soins vigilants
Tu fis éclore en moi le germe des talents.
Ta touchante bonté me conduit et m'éclaire.
Si j'obtiens des succès, je te les dois mon père,
Je les dois à toi seul, à ton talent divin.
De la tendre Daphné que n'ai-je le destin!
Si je pouvais un jour empruntant son image
De l'immortel laurier, te décerner l'hommage!
Reçois le de ta fille, en ce jour fortuné,
Par la reconnaissance, il t'éta... destiné.
Ah! quel bonheur pour moi dans un jour si
[prospère,]
De couronner le front de mon vertueux Père!

QUATRAIN A MADAME GAUTIER.

Sous la Pourpre ou la Bure,
Vous savez tour-a-tour
Imiter la nature;
Et commander l'amour!

Philomèle et le Voyageur.

A

MADEMOISELLE ADÉLAIDE DORSAN.

« Philomèle chérie !
» Ton talent enchanteur
» Souvent dans la prairie
» A fait battre mon cœur.
» Pensif et solitaire,
» Pour calmer mon ennui,
» Accorde à ma prière
» Un généreux appui.
» Ta voix élève l'âme !
» Elle anime, elle enflamme
» Et nous transporte aux cieux !
» Ta douce mélodie,
» Ta brillante harmonie
» Est faite pour charmer les mortels et les Dieux!
» Tu te tais.: ah! dis-moi ce qu'il faut que j'espère?
» Que me demandes-tu, voyageur téméraire ?
» Philomèle plaintive, hélas! ne chante plus.
» Elle vient exhaler ses regrets superflus,
» Dans les lieux où jadis elle avait l'art de plaire!
» Qui peut donc t'éclipser? — Une jeune bergère.

» Tous les matins sa voix
» Fait retentir les bois.
» Pour cette enchanteresse,
» Hélas ! on me délaisse.
» Le langoureux amant
» Soupire en l'écoutant,
» De sa paupière humide
» Une larme timide,
» Coule... et sèche à l'instant.
» Elle viendra bientôt enchanter le bocage,
» A ce nouvel objet, va porter ton hommage. »
Le voyageur surpris
Doute encore s'il veille.
Son cœur brûle en secret d'entendre la merveille,
Qui sur le rossignol sût remporter le prix.
Soudain un léger bruit vient frapper son oreille.
Plein de trouble et d'espoir,
Il écoute... et croit voir
Marcher d'un pas timide,
Un objet enchanteur!... C'était *Adélaïde* !
Philomèle gémit !
L'ardent moineau frémit!
« Oiseaux, faites silence,
» La bergère commence,
» Écoutez ses accents !
» Cessez votre ramage.

» Venez lui rendre hommage,
» La reine du bocage,
» A droit à votre encens !

. . . .
. . . .
. . . .
. . . .
. . . .
. . . .
. . . .

» Eh bien, dit philomèle,
» Le chant de cette belle
» A-t'il touché ton cœur ?

» Tu ne me réponds pas? ah! ma perte est certaine!
» Dussé-je m'attirer ton conrroux et ta haine,
» Lui dit le voyageur,
» De sa brillante voix je suis admirateur.
» Je veux bien te donner un conseil salutaire,
» Quitte au plutôt ces lieux, tu n'as plus l'art de
[plaire !]
» Tantôt tu me vantais ! ô regrets superflus !
» Eh bien, c'en est donc fait! je ne chanterai plus!!

COUPLETS

Aux soldats et aux marins français, a l'occasion de la prise d'Alger.

Ce morceau a été chanté par monsieur Batiste, sociétaire du théâtre national de l'opéra comique, sur le théâtre de Boulogne, le 5 août 1830.

✳

Air: *de la sentinelle.*

1ᵉʳ

Alger est pris! gloire aux soldats français!
Gloire aux enfants chéris de la victoire!
Ils ont marché de succès en succès,
Et leurs exploits revivront dans l'histoire.
Nos bataillons garnissent vos remparts!
Pour le francais que ce jour a de charmes.
Respectez tous nos étendarts,
Aux fils de Bellone et de Mars,
Fiers africains! rendez les armes!
Rendez les armes!

2e

Braves marins, qui sous votre amiral,
Avez dompté les mers et la tempête,
Honneur a vous! le courage est égal.
Un seul laurier doit ceindre votre tête!
De ce laurier les fertiles rameaux
A vos neveux diront votre vaillance.

> Fiers africains! à nos vaisseaux
> Venez remettre vos drapeaux,
> Et n'insultez jamais la France!
> Jamais la France.

3e

La jeune *armée* est riche d'avenir ,
Et de la *vieille* elle est inséparable!
Siècles futurs, gardez le souvenir
De ce combat à jamais mémorable.
Le musulman comptait sur nos revers!
A notre aspect il a frémi de rage.

> Qu'il reste au fond de ses déserts.
> Vainqueurs sur la terre et les mers
> Nous avons vengé notre outrage!
> Notre outrage.

4e

Sur le sommet du palais africain,

S'élévera le drapeau tricolore!
Noble drapeau d'un peuple souverain!
De ton réveil nous saluons l'aurore.
Du musulman tu seras respecté,
Tu confondras ses projets sanguinaires.
   La *Charte* est une vérité!
   Sous le règne *d'Égalité*,
   Tous les français seront des frères!
   Nous serons frères.

      Boulogne, le 4 août 1830.

A notre Père.

LE JOUR DE LA SAINTE CECILE.

MONSIEUR G*******, PROFESSEUR.

   Par l'ordre d'apollon,
   Nous venons, ô mon père,
   Nous quittons l'hélicon,
   Le séjour ordinaire
   Du Dieu de la lumière;

Pour te transmettre ici l'arrêt qu'il a dicté.
Désormais a sa cour il a marqué ta place.
Le succès, tu le vois, couronne notre audace,
Et rien ne manque plus à ta félicité,
Car ce tribut flatteur; tu l'as bien mérité!
Du noble chef de la troupe immortelle,
Viens contempler le front majestueux!
Assis sur son char lumineux,
Il attend l'offrande nouvelle
D'un disciple respectueux.
Pour ta famille quelle gloire!
Ton nom au temple de mémoire
Par ton talent sera placé.
Qu'il soit notre seul héritage,
Et qu'a nos neveux d'âge en âge
Comme un trésor il soit laissé!

Boulogne le 30 octobr 1828.

COUPLETS,

A LA GARDE NATIONALE DE BOULOGNE SUR MER.

AIR: *de la Parisienne*.

Ce morceau a été chanté sur le théâtre de Boulogne par M. *Vautrin*, le 14 aout 1830 et redemandé à l'auteur le 15.

1ᵉ

Marchons, fils de la morinie,
Le signal d'alarme est donné.
L'autel sacré de la patrie,
Par un parjure est profané.
Ce jour finira nos misères,
Suivons l'exemple de nos pères!
Marchons boulonnais,
En braves francais;
Combattons : nous sommes tous sûrs du succès
Allons aider nos frères!

2ᵉ

« Quel est ce guerrier invincible,
« Que nous voyons au milieu d'eux?

« Quel est ce citoyen paisible
« Dont l'âge a blanchi les cheveux?
« Le laurier ombrage sa tête!
« Quel est son nom?» «C'est *Lafayette!*
      Marchons boulonnais,
      En braves francais;
Combattons: nous sommes tous sûrs du succès,
      Soldats de *Lafayette!*

3ᵉ

Sous les trois couleurs, plus d'esclaves
Toi qui connus l'adversité,
D'*Orléans,* modèle des braves,
Tu nous rendras la liberté!
Allons, fils de la Morinie,
A sa voix que l'on se rallie!
      Entourons-le bien,
      Ce grand citoyen;
Des francais l'auguste père et le soutien!
      L'espoir de la Patrie!

4ᵉ

Au tombeau de nos frères d'armes,
Boulonnais, jetons quelques fleurs....
Mais pourquoi d'inutiles larmes?
Ils sont morts sous les trois couleurs!

La France a reconquis sa gloire !
Leur sang a payé la victoire.
Braves boulonnais,
Nous sommes francais;
Conservons le souvenir de ces hauts-faits.
Hommage à leur mémoire !

Boulogne, le 5 août 1830.

Le Départ.

A MADEMOISELLE LOUISE O*****.

AIR.

Mon départ cause tes alarmes,
Tu crains que je manque à ma foi?
Lorsque chacun te rend les armes,
Parle, peux-tu douter de moi,
Quand te plaire est ma seule loi.
Pour charmer l'ennui de l'absence,
Et pour dissiper ton effroi;
Prends pour devise l'espérance!
Je laisse mon cœur près de toi.

Paris, le 2 Juillet 1826.

ADELAIDE D,ORESTAN

Au tombeau de son époux.

Air:

Récitatif.

Epoux infortuné....digne d'un meilleur sort.
O toi que j'adorai!...déplorable victime!
Hélas! le coup affreux qui consomma ton crime,
Me rendit à la vie, et te donna la mort!

Romance.

Tu n'es plus!...et je vis encore,
Objet de ma félicité!
Pour celui que mon cœur adore,
J'ai vu s'ouvrir l'éternité,
Le temps ne peut calmer mes peines,
Et mes regrets sont superflus!
D'amour je chérissais les chaînes,
Mon cœur t'appèle...et tu n'es plus!

Que j'aime à voir lever l'aurore.
Pour moi que ce spectacle est beau!
Lorsque l'horison se colore,
Mon cœur me guide à ton tombeau.

mais, hélas! ô peine mortelle!
Vaine erreur...regrets superflus !
Je crois te voir, mon cœur t'appèle,..
Et tout me dit...que tu n'es plus!

La Haye, le 15 février 1827.

*LE VOISIN ET LA VOISINE

ou

LA CHUTE DANS L'ESCALIER.

Couplets mis en musique par M. J. Godefroid.

1ᵉ

« Voisine, ouvrez-moi votre porte.
» Mon voisin, que me voulez-vous?
» Pourquoi frappez-vous de la sorte,
» Je suis déjà sous les verroux.
» Peut-on venir à pareille heure?
» Pardon...je vous en fais l'aveu,
» Il fait froid..et dans ma demeure,
» Je n'ai ni chandelle,ni feu. »

2ᵉ

« Voisin, vous êtes téméraire,
» Eloignez-vous de mon couloir.

---

* On peut se procurer la musique avec accom-
compagnement de piano, chez M. Dumas.

» Voisine, hélas ! que vais-je faire ?
» Le temps est sombre....il fait si noir.
» Je gèle...soyez charitable!...
» Un refus , me met aux abois. »
« Pour vous je veux être intraitable,
» Mon voisin, soufflez dans vos doigts.»

Le pauvre voisin s'apprêtait à Regagner sa chambre ; mais, ô comble de l'infortune! il manqua le premier escalier, et déroula les autres. La voisine accourut à ses cris, car elle n'est pas inhumaine cette bonne voisine; malgré son air sévère....elle aida le voisin, qui n'était que très légèrement blessé, a monter dans sa chambre. Elle fit un très grand feu....Le voisin ne tarda pas à se remettre de sa chûte, l'amitié succéda à la compassion, l'amour vint se mettre de la partie, et. . . . .

3ᵉ

Ma foi le reste de l'histoire,
(Lecteur, que ce soit entre nous.)
J'atteste...et vous pouvez m'en croire,
Elle ne mit plus les verroux.
Elle lui fit très bonne mine,
Etre utile , coûte si peu !
Et tous les soirs chez sa voisine ,
Le voisin va chercher son feu.

✳

TALMA

ET

L'INCONNUE.

ÉPISODE EN TROIS TABLEAUX.

PREMIER TABLEAU... Le Billet.

DEUXIÈME TABLEAU... Le Portail de St-Paul.

TROISIÈME TABLEAU... La Jalousie Voilée.

PERSONNAGES.

TALMA.

Le Duc De ✳✳✳✳✳✳. (Personnage muet.)

Un Jokey.

Un Groom.

L'Inconnue.

Une Duègne.

LA SCÈNE EST A LONDRES.

Je conçus le plan de cet épisode, en lisant les mémoires sur notre célèbre tragédien. Mon intention n'a pas été de faire une pièce, mais de faire connaître au public une anecdote, dont Talma fut le héros. J'avoue que je dois tout à M. *Regnault-Warin*, à ce spirituel écrivain, auquel les amateurs du théâtre ont l'obligation d'un excellent ouvrage historique sur l'homme étonnant qui, pendant quarante ans, sut illustrer la scène. Ce petit travail m'a coûté très peu. Le lecteur éclairé l'appréciera à sa juste valeur.

P∴ Dumas.

LE BILLET.

✻

LE THÉATRE REPRÉSENTE LA CHAMBRE DE
TALMA.

—

SCÈNE PREMIÈRE

—

TALMA , *seul.*

Le sort en est jeté.. Je prendrai le théâtre.
Baron, Lekain, Monvel, qu'un public idolâtre
Applaudissait jadis.. Je veux suivre vos pas.
Racine ! Dieu des vers, tu me protégeras.
Quel travail ! juste ciel ! l'allée est tortueuse,
Et la scène tragique est parfois épineuse.
(Avec chaleur.)
Mais que ne peut une âme, esclave des honneurs,
Qui s'élance et bondit à l'aspect des grandeurs !
Contre les vrais talens, s'arme l'hypocrisie.
Tel qu'un torrent fougueux.. L'affreuse jalousie

Entraîne le mérite , et souvent le conduit
Dans le vaste océan de l'éternelle nuit !
Suivons pour parvenir , la route la plus sûre ,
Et pour marcher en maître , imitons la nature.
En vain , j'entends parler de la tradition , (1)
Je la remplacerai par l'inspiration !
Oreste , Manlius , OEdipe , Hamlet , Achille ,
Vous ne me verrez pas en copiste servile ,
D'un public routinier , mendiant les faveurs ,
Me traîner sur les pas de mes prédécesseurs !
Le Kain, pardonne-moi.. Ce n'est pas un outrage,
A ton rare talent   je rends un juste hommage.
Mais si je suis chargé de ton superbe emploi ,
Reçois-en le serment !.. Je serai toujours moi ! (2)

SCÈNE IIe

TALMA , UN JOKEY.

LE JOKEY , *avec crainte.*

Monsieur Talma ?

TALMA.

C'est moi.

LE JOKEY.

Le fils ?

TALMA.

Oui, quel mystère?

LE JOKEY.

Je craignais en entrant de trouver votre père.
J'eusse été par ma foi dans un bel embarras.
Ce billet est pour vous.. Ne m'interrogez-pas !

TALMA *Souriant.*

De quelle part vient-il ?

LE JOKEY.

Un mot doit vous suffire.
C'est un secret : or donc, je ne puis vous le dire.

(Il salue et sort.)

SCÈNE IIIe.

TALMA *seul.*

Plaisant original!.. Voyons donc ce billet.
Découvrons le mystère en brisant ce cachet.
(3) » Les sentimens que vous m'avez inspirés
» sont proportionnés à votre mérite, c'est vous
» dire qu'ils sont bien forts. Si vous voulez en
» avoir la preuve, trouvez-vous aujourd'hui à
» deux heures sous le portail de St.-Paul, et
» suivez la personne qui vous présentera un
» petit volume en maroquin rouge, et intitulé :
» la vie de Shakespeare. Invité par un grand

» homme, pour lequel on connaît votre admi-
» ration, vous marcherez sans défiance. »

Je m'y perds.. Ce billet n'a point de signature. (4)
                    (Le retournant)
Sur le cachet, un *C*, de gothique tournure. (5)
6 L'enveloppe est en soie! allons, sans plus tarder,
A suivre l'aventure il faut me décider.
En chevalier galant, soutenons l'entrevue!..
                (Regardant sa montre.)
Une heure..Allons trouver notre belle inconnue.
                    (Il sort.)

LE PORTAIL DE SAINT PAUL.

*

SCÈNE PREMIÈRE.

—

Talma se promenant sous le porche de la Cathédrale.

Je me promène en vain. Je ne vois rien paraître.
Mais où donc est ce guide? on m'a joué peut-être!
(Avec fureur.)
Malheur si l'on osait!.. Modérons ce transport.
Le temps s'écoule.. On vient : je connaîtrai
[mon sort.]

SCÈNE IIᵉ

TALMA, UN GROOM.

Ce dernier s'achemine en sifflant, monte pesamment les marches, cherche un instant Talma des yeux, l'aborde en se dandinant, et ayant entr'ouvert sa casaque,

en tire un petit livre rouge qu'il lui pré-
sente avec raideur et gravité.

TALMA *ouvrant le volume.*

7) Chekspir !

LE GROOM , *en Allemand.*

Com.

TALMA.

Je vous suis.

Le groom le conduit non loin du portail au
coin de la rue. Là, il s'arrête, il tire de sa
casaque un fouet à manche gros et court, et
se met à faire claquer sa lanière pendant
près de trois minutes... Talma impatienté
l'arrête.

TALMA.

Finis donc misérable !

LE GROOM *fixant sur lui ses gros yeux blancs.*

(8) Cani furch ston , meinheer.

TALMA.

Hélas ! le pauvre diable
Ne sait pas le français. J'ignore l'allemand.
Ne précipitons rien.. Voyons le dénouement.

Un coup de sifflet très aigu se fait entendre derrière la porte qui s'ouvre. Le conducteur s'évade, et Talma se trouve en face d'une duègne grande et sèche, qui l'index sur la bouche, lui fait signe de le suivre.

TALMA.

Jusque dans les enfers.. Je te suivrai, mégère.
Partons: conduis mes pas au fond de ton repaire.

(La duègne sourit. Elle réitère son geste, et disparaît avec Talma.)

LA JALOUSIE VOILÉE.

*Le théâtre représente un grand cabinet d'é-
tude. Au fond du cabinet, une Jalousie
Voilée. Une grande bibliothèque, des ra-
fraichissemens sont servis sur la console
de l'antichambre.*

SCÈNE PREMIÈRE.

TALMA, LA DUÈGNE.

*(La duègne introduit Talma dans le cabinet.
lui présente un fauteuil, et se retire.)*

SCÈNE IIe.

TALMA, *seul.*

Il faut en convenir, l'aventure est étrange.
9 En bas des fleurs partout.. Ici la scène change.
Flore n'étale plus ses brillantes couleurs,
　　　(Examinant la bibliothèque.)
Et je me trouve au sein des classiques auteurs.

(Regardant sur la table.)

Mais quel nouveau billet ? lisons

(10) « Vous excuserez l'espèce de mystère
» qui vous environne par l'urgence des cir-
» constances. J'en appelle à votre délicatesse
» pour ne pas essayer de le pénétrer, et à votre
» honneur pour ne le divulguer jamais. Peut-
» être avez-vous soupçonné que vous étiez in-
» vité par une femme, vous ne vous êtes pas
» trompé. Je suis jeune, on me dit aimable,
» je ne me crois pas belle ; mais je suis aimante
» et sensible. Je vous admire dans tous vos
» rôles.. J'ai le plus vif désir de vous entendre
» encore, de vous imiter, et pour y parvenir
» de recevoir en même temps vos exemples et
» vos leçons. Mais des obstacles puissants,
» invincibles, nous séparent. Vous ne devez
» pas me voir et je veux vous contempler.
» Cette satisfaction, je me la procurerai à tra-
» vers la jalousie voilée, que vous devez re-
» marquer au fond du cabinet. Les œuvres
» dramatiques des poëtes français sont à votre
» disposition, rangées par ordre, sur les troi-
» sième et quatrième rayons de la bibliothèque,
» et vous trouverez des rafraîchissemens sur
» la console. »

Avec joie.

Ah ! l'on m'observe !
Je jouerai bien mon rôle..Oui je me sens en verve!
Pourtant je suis piqué, car dans cet entretien,
L'homme est sacrifié!.. tout au comédien ! (11)
Choisissons un sujet.. *Aricie* ! *Hyppolite* ! (12)

(Avec âme.)

Racine!.. En traits de feu, cette scène est écrite.

(Il récite.)

(13) Je me suis engagé trop avant »

(Jusqu'à la fin de la tirade.)

*(Pendant cette scène, de longs soupirs sortent
de la jalousie, TALMA, emporté par l'ac-
tion, se dirige vers l'inconnue, mais au
son de sa voix, il s'arrête.)*

L'INCONNUE.

Zayre!..

*(Talma saisit le volume de Zayre, et
pouvant, sans trop d'illusion, se croire
dans le sérail, il adresse à la sensible
jalousie la déclaration la plus brûlante que
jamais amoureux poëte ait pu mettre dans
la bouche d'un sultan. A ces accents si*

facilement vainqueurs , des sanglots par-
tent de la loge grillée , dont en francais
galant , autant qu'en musulman enflam-
mé ; il s'approche avec vivacité. Mais une
main assez petite , assez blanche , appa-
raît violemment, soulève le voile , et avec
l'accompagnement de ce mot durement
prononcé , assez ! Congédie l'orosmane
déconcerté. Plus prompt que l'éclair ,
Talma se jette sur cette main cruelle dont
son baiser moins respectueux qu'ardent ne
fait qu'effleur er les doigts.)

SCÈNE III.

Les Précédens , la Duègne.

(Elle indique la porte d'entrée devenue si
vite la porte de sortie ; et sur laquelle
s'appuie en sifflant le fidèle et stupide
Groom.)

Talma , *avec transport.*

Être infernal!.. Il faut partir!.. Déjà ?

(*Il jette son anneau dans le cabinet , et s'a-*
dressant à la jalousie.)
Tiens, voilà mon anneau. Souviens-toi de Talma!
(*Il sort précipitamment.*)

SCÈNE IIIIe.

(*L'inconnue soulève le voile , ramasse l'an-*
neau.. Le baise avec transport.. La duègne
reparaît, elle annonce à sa maîtresse l'ar-
rivée du duc de ✳✳✳✳✳✳.)

L'inconnue (✳ *avec force,*) *lui saisissant le*
bras , et lui montrant l'anneau.

Je garde ce présent.. Tu connais ma faiblesse.
Tremble de me trahir!.je suis femme et princesse!

SCÈNE Ve

14 (*Le duc paraît.*)

TABLEAU !

✳

NOTES.

---

(1) En vain j'entends parler, etc.

Ducis dit : « Si vous voulez assister au com-
» bat où luttent toutes les passions démuselées,
» il faut bannir, il faut anéantir, il faut oublier
» la tradition. »

LARIVE.

» Par quoi la remplacerez-vous ?

TALMA.

» Par l'inspiration !

(2) Je serai toujours moi !

Talma disait à Molé : « Je voudrais être *moi*
» au théâtre, comme je le suis dans le monde.
» On ne s'intéresse consciencieusement que
» dans son *Individualité.*

(3) Cette lettre est en entier dans les mémoires.

(4) Ce billet n'a pas de signature.

L'écrit était sans date, sans signature, sans
orthographe. Tracé en français mais en caractè-
res évidemment allemands. *(Tiré des mémoires)*

(5) Un petit cachet de nonpareille, sur lequel, malgré qu'il l'eut brisé en l'ouvrant,
Talma reconnut distinctement un *C* gothique.

(6) L'écrit était en outre remarquable par un
papier de soie ambré.

(7) deux syllabes. On prononce chekspir,
et l'on écrit: shakespeare.

(8) Je ne comprends pas Monsieur.

(9) des fleurs partout.
Il monte les marches d'un perron, sur lequel
ouvre un vestibule bordé de lauriers-rose et
d'orangers.

(10) On s'excuse de l'espèce de mystère qui
l'environne, etc. (*Tiré des mémoires.*)

(11) tout au comédien.

Talma dit: « Quoique dans cet écrit, on parle
» plutôt au comédien qu'à l'homme, Je ne sais
» quel autre espoir, ou si l'on veut, quel autre
» désir s'insinua dans mon cœur, etc. »

(12) La tragédie de Phèdre.

(13) Comme les vers de Racine pourraient
souffrir du voisinage des miens, j'ai préféré

renvoyer le lecteur à la scène 2 du second acte.

(14) Article de l'*Evening-post*.

 « On nous mande qu'une très grande dame
 « de Brunswick, devenue la compagne légitime
 « d'un prince qui, après le sultan est le pre-
 « mier, a fait enlever et conduire dans son sé-
 « rail, un jeune arabe du nom d'*Amlat*, aussi
 « remarquable par sa bonne mine et la noble
 « régularité de ses traits, que renommé pour
 « son talent à réciter les vers des poëtes de
 « l'occident, etc. »

AUX MANES DE MADAME CHARDARD.

HOMMAGE A SON ÉPOUX

Brillante de vertus, au primtemps de la vie,
L'impitoyable mort enlève sans retour
Une fille, une sœur, une épouse chérie !
De sa famille en pleurs et la gloire et l'amour !

    Appui de l'indigence,
    Sa noble bienfaisance,
    Soulagea vos malheurs,
Pauvres, puisqu'en ce jour Cléophile succombe,
    Répandez sur sa tombe
    Vos parfums et vos fleurs !

Au céleste séjour, d'une gloire nouvelle
Ton âme brillera!.. Rien ne peut la ternir.
Nous quittons en pleurant ta dépouille mortelle,
Mais tu vivras toujours, dans notre souvenir !

               Boulogne, Le 14 juin 1832

Quatrain.

A MONSIEUR PIERRE HÉDOUIN. *

Émule de cujas !...favori d'Apollon !
   Aimable chantre de *MARIE*.
   HÉDOUIN, pour prix de ton génie;
Le gout marqua ta place au sommet d'Hélicon?

Boulogne, le 28 septembre 1832.

---

* M. Pierre Hédouin, natif de Boulogne-sur-mer, avocat et homme de lettres, l'ami des artistes. Il a composé beaucoup de poésies, *Padilla,* une épitre aux romantiques, véritable chef-d'œuvre! *Marie de Boulogne,* nouvelle, *la veillée du tasse,* élégie. etc etc . quand il s'agit de rendre service, monsienr Hédouin n'épargne ni ses. pas ni ses veilles. je lui dois beaucoup, et je suis flatté de pouvoir lui exprimer publiquement une reconnaissance qui ne finira qu'avec ma vie.

⁂

LETTRE SUR AMIENS.

Paris le 25 *novembre* 1825.

Mon cher ernest .

Je continue la relation de mon petit voyage.
Je partis de Boulogne pour Amiens, capitale
de la Picardie, où le fameux *Gresset* reçut le
jour. Il est enterré dans la cathédrale. Il y
avait jadis, à ce que l'on m'a raconté, un superbe mausolée..Mais il fut détruit. Une simple
pierre, non loin de la chaire, existe encore..
« Ci gît messire *Gresset*, grand historiographe
de France, l'un des quarante de l'académie
française. » Le poëte était membre de l'académie dans un temps où le mérite seul faisait
obtenir le fauteuil; mais à présent, (1) il faut
pour être académicien ; insulter le public
dans une mauvaise préface en disant : « dans

____

(1) J'écris en 1825. Lisez la lettre en tête
de la tragédie des Machabées.

» un siècle aussi peu religieux que le nôtre, » etc.

La ville d'Amiens est très-belle, la promenade de la Hautoie est magnifique, ou du moins était magnifique, car depuis, les arbres ont été rasés, j'ignore pour quel motif.. On a prétendu qu'ils étaient vieux, mais le fait réel est que cela a rapporté beaucoup d'argent à la ville.. Le palais de justice est également très-beau. Il y a maintenant une nouvelle grille ; mais elle est un peu de travers, ce qui a fait dire à de mauvais plaisants, que la justice allait de côté.. Toujours de l'esprit M. Desmasures ! il y a de jeunes avocats qui seront un jour la gloire du barreau moderne.. Il y a une académie.. et des journaux !.. Une belle salle de spectacle.. Rarement pleine, car le voisinage des jésuites influe considérablement sur le théâtre. Il y a aussi de très beaux cafés.. La cathédrale est digne de fixer l'attention des étrangers, surtout la Nef.. Véritable chef-d'œuvre.. En général la ville d'Amiens est un fort joli séjour.. Parlons un peu de la mission.

Lorsqu'on annonça l'arrivée des Jésuites, sous le modeste nom de missionnaires, les cagots se réjouirent, mais les gens sensés frémirent des malheurs qui suivraient la mission..

On commença à construire des baraques le long de la cathédrale, et le temple de la divinité devint la proie d'avides spéculateurs!

Il y avait dans les boutiques, des crucifix de différentes formes.. Des chapelets.. Des médailles.. Et des livres reliés en maroquin rouge, je crus au premier coup-d'œil voir les chefs-d'œuvre de *Casimir Delavigne*. Les disciples de Loyola criaient à haute voix! « C'est ici le » chemin du salut.. Achetez des crucifix.. » Et pour couronner l'œuvre, le crucifix de deux pouces, n'était béni que pour deux ans, tandis que celui d'un pied était béni pour dix, observe bien, mon cher Ernest, que le premier se vendait dix sols et le second, deux francs, deux francs dix selon l'acheteur. Les marchands s'installèrent quinze jours avant la mission pour préparer le peuple à la piété.

Arrivée des jésuites ayant à leur tête le célèbre abbé *Guyon*, surnommé le Cicéron de •l'ordre.. Des poumons à la *Frénoi*, beaucoup d'audace.. Soutenu par le pouvoir.. Il devait faire des prosélytes, et il en fit.. La curiosité me porta à assister à la mission, c'est un spectacle comme un autre.

Il y avait une porte d'entrée pour les hommes

et une pour les femmes.. De manière que
l'époux était obligé de faire une heure de fac-
tion après la cérémonie pour attendre son
épouse.. Le père, sa demoiselle.. Bravo messieurs les jésuites.. L'église était illuminée et
toujours pleine.. Trois partis remplissaient
l'enceinte.. 1° Les cagots, bons amis des jésuites. 2° Les fonctionnaires publics, ces messieurs
enrageaient de se trouver à la mission, mais
pour conserver sa place, que ne ferait on pas.
3° Les curieux. J'étais du nombre. La mission
commençait à 6 heures, mais comme il est du bon
ton de se faire attendre, M. l'abbé n'entrait en
chaire qu'à 7 heures. La dévote disait avec joie.
Le voilà !.. Le fonctionnaire aurait voulu le
voir bien loin.

Un chœur de jeunes filles commencait le
sermon. J'ai retenu le quatrain.. Le voici.

> Accourez, peuple fidèle,
> Venez à la mission.
> Le Seigneur qui vous appèle
> Veut votre conversion !

Les beaux vers!.. Comme c'est coulant !
J'ai oublié de te dire que le célèbre abbé
que je soupçonne être un peu musicien, enton-

nait d'une voix de stentor le premier motif du chœur, il y avait bien par ci par là des petites nottes un peu fausses, mais enfin ça passait tout de même. Après le chœur venait la première partie du sermon, ensuite on le reprenait jusqu'à la fin. Des plates diatribes contre le commerce.. Et surtout contre le théâtre.. Pauvres acteurs! celà n'empêche pas ces messieurs de venir vous visiter au carême pour recevoir vos offrandes.

Comme il faut que tout le monde vive, on paye les chaises deux sous. A la mission du matin, il y a un abonnement pour la haute société.. Il y a encore les rôdeurs que j'oubliais, ce sont tout bonnement des Jésuites.. Ils se promènent dans l'enceinte, écoutent les conversations, prenez garde surtout d'ouvrir la bouche, car tout est sacrilége, je causais avec un de mes amis, de manière à ne pas troubler le prédicateur, lorsqu'un homme noir vint m'inposer silence d'une manière plus que grossière.. Je voulus répliquer.. Mais je crus plus sage de lui faire cette belle réponse d'aristippe. « Je me retire, car si vous avez le droit de vomir » des injures, j'ai celui de ne pas lesentendre.. » Et prudemment je sortis. Il devait y avoir une plantation de croix à l'issue de la mission, la cour royale refusa de s'y rendre.. Honneur aux magistrats d'Amiens !

AVANTAGES DE LA MISSION.

Messieurs les jésuites ont l'agrément :

1° de brouiller les amans.

2° De désunir les ménages.

3° De semer la discorde dans les familles.

4° de faire emprisonner les jeunes gens lors-qu'ils demandent *Tartuffe*.

5° De faire destituer les fonctionnaires publics s'ils ne sont pas affiliés.

Mais les agens du pouvoir vous disent : « vous » seriez trop heureux sans jésuites, et cela ne » doit pas être. »

Au revoir mon ami.

P∴ Dumas.

LETTRE SUR MADEMOISELLE MARS.

Boulogne, le 22 août 1832.

Mon ami.

Je ne puis t'exprimer ce que j'ai éprouvé aux représentations de mademoiselle *Mars.* Ah! c'est toujours notre première actrice. Elle aura toujours vingt ans.. On pourrait lui appliquer le commentaire de *Voltaire* sur *Racine.* « Beau.. Pathétique.. Harmonieux.. Su- » blime!.. » Moi qui étudie depuis quinze ans, je me demande comment il est possible que l'on puisse atteindre à un si haut dégré de perfection.. Quelle douceur d'organe!.. Quel vérité !

Ah! mon ami! que *Marivaux* est heureux d'avoir un tel interprète! mademoiselle *Mars* donne une nouvelle vie à ses ouvrages!.. Mais j'avoue que pour les écouter attentivement, il faut que ce soit elle qui les représente.

Le public de Boulogne s'est rendu en foule aux représentations de mademoiselle Mars. les applaudissemens , les couronnes , rien n'a manqué. Elle a été remdemandée à sa dernière représentation.. J'aime assez cette manière de prouver aux grands talens le plaisir qu'on a de les posséder, et les regrets que l'on éprouve à les voir partir.

Puisse le théâtre français conserver long-temps encore son plus bel ornement. Il faut un siècle pour produire un *Talma* et une *Mars*!

Armand accompagnait notre célèbre actrice.. Il a fait plaisir. On a surtout admiré sa manière de dire cette phrase pleine d'esprit dans la bouche de Meineau.

» Ah ! oui, je fus habile à lire dans les cœurs, » moi ! »

C'est un joli comédien, je ne le connaissais pas, je suis flatté de l'avoir vu jouer.

Mon ami, lorsque mes affaires pécuniaires me permettront d'aller à Paris, promets-moi que nous irons voir l'inimitable mademoiselle Mars.

Ton ami,

P.˙. Dumas.

TABLE.

—

POÉSIES DIVERSES.

FIN DE LA TABLE.